Callejones Sin Salida

Araceli Losada

Callejones Sin Salida

Araceli Losada

Callejones sin salida.
Primera edición: Marzo 2022.

Depósito legal: M-36434-2021.

ISBN: 9798351934600

El papel utilizado para imprimir este libro es 100% libre de cloro y por tanto, e c ol ó g i c o.

Índice general

Prólogo..Página 9

Nota de un amigo..Página 13

Introcucción..Página 17

REFLEXIONES

Contracorriente..Página 19

Utopías..Página 21

La luz..Página 22

No hay límites..Página 24

Carta a un esposo..Página 25

Incondicionales..Página 26

Página 030: Poema 8.
Página 032: Poema 9.
Página 034: Poema 10.
Página 056: Poema 24.
Página 057: Poema 25.
Página 059: Poema 26.
Página 061: Poema 27.
Página 063: Poema 28.
Página 064: Poema 29.

Prólogo

Se habla desde hace tiempo sobre la existencia de un hilo rojo, hilo que une a dos personas a veces muy dispares pero que el destino decide que sean almas gemelas y así, pase lo que pase, esas almas se encontrarán.

En el caso de Araceli, nuestro hilo rojo está compuesto de letras, palabras y frases que conforman nuestros escritos. Nos conocimos en las redes sociales, algo muy común hoy en día pero que no es nada moderno ni actual. ¿Cuántos autores calculan que han mantenido en tiempos pasados una fuerte relación epistolar con otros compañeros de letras? Podría, incluso, desgranar una larga lista de libros que han tratado el asunto, pero este no es el tema que me ha traído a este lugar. Solo hay que saber que en estos momentos ocurre igual y que es sencillo que dos personas, con experiencias vitales diferentes pero con las mismas inquietudes, nos hayamos encontrado en este mundo virtual tan en boga. Y así iniciamos esta relación, con unas breves palabras y un intercambio de escritos. Comenzamos a disfrutar de nuestro sentir transmitido a través de las letras y, con ese nexo en común, el tiempo fue pasando haciendo que nuestros contactos fuesen más habituales, descubriendo a una autora de alta sensibilidad, vital, luchadora y que, pese a sus duelos y quebrantos, se enfrenta al día a día como esposa, madre, trabajadora y que como escritora, sabe plasmarlo en sus letras, hablando por medio de sus personajes como en su primer trabajo: "Palabras escondidas en el tiempo" o con reflexiones en primera persona como el que tengo el gusto de prologar con estas líneas.

Aquí encontrarás a una Araceli más íntima pero que, al igual que abre su casa a su familia, a sus amigos, a fin de cuenta, a su gente, ahora nos muestra su alma, sus sentimientos, sus anhelos y miedos. Estos últimos muy presentes y que ve sus consecuencias, cada día, al mirarse al espejo y contar las cicatrices que la marcan, pero que ha logrado ir superando tras años de esfuerzo y dedicación, lo que demuestra que es una gran luchadora. Siempre guiada por un espíritu inquieto, sus anhelos son igual de concretos que los de muchos de nosotros, pero que a veces no nos paramos a descubrir y los escondemos o los dejamos pasar en los torbellinos y tormentas de las prisas, que nos guían por el mundo que vivimos. Un mundo instantáneo pero angustiosamente frío. Pero ella no, Araceli se para, reflexiona mirándose a ese espejo donde no se refleja solo su rostro, sino también su interior y con todo eso escribe. Ya su tiempo no se mide igual que el tuyo y el mío porque cada uno tiene su íntimo reloj vital. Ella busca huecos, rendijas por dónde poder reflejar eso pensamientos tanto en prosa, como en verso y que ahora quiere compartir con sus lectores, que quiere compartir contigo que ahora me lees.

Necesito que se me conceda el placer de vivir conmigo misma. Con estas pocas palabras queda claro que estamos ante un grito sereno, una declaración de intenciones que verás como hilo conductor en sus próximas páginas. Encontrarás una lucha constante de la autora por no rendirse, no dejarse hundir por lo que se supone que se espera de ella, pero con unos principios bien asentados: su cultura, su familia y sus creencias, como pilares de su vida. Todo ello es el eje conductor de su razón de vivir e inspiración en muchas de sus reflexiones, junto a una curiosidad innata e ilimitada pese a los obstáculos que la vida nos pone hoy. Antes de que la tormenta acabe habré aprendido a sobrevivir. Intensas palabras que, nos muestra a una mujer dispuesta a seguir avanzando, porque mantener tus raíces no está reñido con mirar al futuro cara a cara y querer cumplir unos deseos que te enriquezcan como persona que a fin de cuentas es lo que todo ser humano busca y cada uno con sus metas.

Araceli me impactó desde sus primeras líneas con un relato encuadrado en su anterior publicación titulado “El Pianista”. Y me sentí identificada con sus palabras, con la limpieza en la forma de trazar las palabras creando en un breve relato lo que todo escritor siente a la hora de dar a luz a sus personajes. Nosotras como madres damos vida, pero como autoras parimos de nuevo.

Nuestros personajes se gestan, se paren y se crían y todo eso es con muchos dolores y satisfacciones y ahí me vi reflejada. Dos personas con vivencias diferentes y con trayectorias paralelas que convergen en su forma de sentir al personaje y darle vida. A veces vivimos a través de ellos y por eso comparto sus palabras. Todo lo que escribe tiene un punto en el cuál creo que todos coincidimos con ella, la diferencia es que Araceli nos lo cuenta y otras personas se lo guardan para sí o lo reflejan en diarios donde no están al alcance de nadie. Ella, en cambio, nos abre las ventanas de su alma y se presenta tal cual, coqueta, pero ni frívola ni vanidosa, sino con esa coquetería que da la sencillez, la fidelidad a sus principios y la honradez en su visión de la realidad cotidiana que le rodea. ¿Dónde está mi libertad si sigo el ritmo del mundo?

Esta es la mujer, Araceli Losada, que se presenta hoy con estas sencillas palabras, sin artificios, y a la que espero que leáis con el mismo interés con el que yo he mostrado por todo lo que ha llegado de su autoría a mis manos.

Gaby Taylor. Escritora

Nota de un amigo

Decía Marguerite Duras; "Nunca se sabe, con antelación, lo que se escribe. A veces estoy vacía durante mucho tiempo.

Existo sin identidad.

Primero da miedo. Y después experimenta un movimiento de alegría. Y después se para. La felicidad es lo mismo que decir un poco muerta. Un poco ausente del lugar donde hablo.

Es un asunto de tiempo. Haré un libro. Querría hacerlo, pero no es seguro que escriba ese libro. Es aleatorio".

Escribir un libro pensando en la historia, sus transversalidades, sus protagonistas y un final apoteósico, es una cosa. Otra muy distinta es rebuscar en lo más profundo de tu propio ser y escribir todas las sensaciones que vas sintiendo en ese laborioso camino. Sería difícil entender este libro si el lector no ha hecho un trabajo de introspección de su alma, de su propio ser.

La vida deja marcas, de las cuales muchas son imborrables y que a su vez, nos recuerdan que seguimos vivos; que el camino todavía no ha terminado. Llegado a ese momento, en el que contemplamos nuestras cicatrices, se hace infinitamente necesario reflexionar. Reflexionar sobre la vida, nuestra vida. Reflexionar sobre el amor, el dolor, los sueños, la ausencia; las lágrimas vertidas…

Como editor, supe que este libro debía dividirse en dos partes. Tal y como está dividido el cuerpo y el alma. Cada una puede interpretarse de la manera que al lector le parezca, pero es uniendo esas dos mitades lo que hace un TODO que nos transporta a lo más profundo del pensamiento mismo. Recordándonos en cada reflexión, en cada poema, que si queremos, podemos avanzar a contracorriente, siguiendo la luz. Que podemos soñar sin sueño, adornando de utopías nuestro camino, sea cual sea el destino. Unir dos mitades para aprender, curar el alma y sacar de la nada la vida, y seguir avanzando hasta que el alma aguante. Sí, queda prohibido rendirse... Aunque te atrape la bruma.

Esta bruma da paso a los poemas. Unos poemas sacados de lo más recóndito del alma y que nos muestra la belleza de ser quienes realmente somos. Lloramos, reímos, amamos y nos retorcemos de dolor, pero la autora nos va dando pistas de que, pese a ello, nunca estamos solos. Así lo siente su autora.

"No necesito verte para sentirte.
Sé que velas mi sueño de cada noche.
Tu brazo me sostiene y haces derroche
de esa misericordia que nunca cesa".

Mientras aguarda en la difícil tarea de vivir, le invito a deleitarse en un paseo por su interior, mientras se deja guiar por las reflexiones y poemas de Araceli Losada. Desgarre su propia alma y mire dentro, estoy convencido de que encontrará muchas similitudes con este libro. Por ello creo apropiado terminar mi nota con unas palabras de la escritora con la que di inicio a estas líneas.

"Cuando yo escribía en la casa todo escribía. La escritura estaba en todas partes. Eso hace salvaje la escritura. Se acerca a un salvajismo anterior a la vida. Y siempre lo reconocemos, es el de los bosques, tan antiguo como el tiempo. El del miedo a todo, distinto e inseparable de la vida misma. Uno se encarniza. No se puede escribir sin la fuerza del cuerpo. Para abordar la escritura hay que ser más fuerte que uno mismo, hay que ser más fuerte que lo que se escribe. Es algo curioso, sí. No es sólo la escritura, lo escrito, también los gritos de las bestias de la noche, los de todos, los vuestros y los míos, los de los perros.

Es la vulgaridad masificada, desesperante, de la sociedad. El dolor; también es Cristo y Moisés y los faraones y todos los judíos, y todos los niños judíos, y también lo más violento de la felicidad". (Marguerite Duras).

Roberto García. Editor y Escritor

Introducción

Cuántas veces he llorado leyendo una historia, una historia que no era real, algo que salió de la mente de alguien, pero que a mí me hizo sentir algo especial. Cuántas veces en la madrugada miré el reloj de pared de reojo, con temor por ver qué las horas seguían avanzando mientras que yo sostenía una novela, un libro entre mis manos sin poder soltarlo, como si de un imán se tratara. En cuántas ocasiones apagué la lamparita de noche porque las luces del alba habían llegado y eran ellas las que me alumbraban para seguir leyendo.

¿Qué, porque? Yo no lo sé. Solo sé que esas historias me daban la oportunidad de imaginar el rostro de los personajes, el paisaje o lugar donde se desarrollaban las escenas, hasta la expresión de sus rostros me parecía ver y lloraba y reía con ellos.

Leyendo, una olvida las simplezas de la vida normal, la rutina de la cotidianidad y se adentra en historias fantásticas que mientras las lees te ayudan a salir de la realidad. Cada uno nacimos con una pasión, ¿Verdad? Pues esta fue siempre la mía. Pude haber soñado como cada cual ser alguno de esos personajes inventados, pero... ¿Ser yo misma quien crea esos personajes; crea esas historias que hagan sentir a otros aquello que otros me hicieron sentir a mí?

Eso ya no es soñar, eso es una realidad y la realidad ha superado a la ficción.

En el momento menos esperado encontré a una farola. Es una farola firme, y no sé cómo hace para renovar sus luces, pero nunca, ni de día ni de noche la encuentro apagada. Es una farola alta, sin embargo su luz alumbra cercanamente y de todo lo que habla me quedo con esta frase:

"Lo que antes era imposible, ahora ya, no lo es".

Araceli Losada

Reflexiones

Contracorriente

En la vida hay épocas en las que las cosas, las circunstancias vienen a nuestro favor y es una pena que no sepamos valorar este hecho y sin embargo vivamos preocupados por lo que realmente no deberíamos estarlo. Si muchos de nosotros supiésemos que nos espera después, indudablemente disfrutaríamos de esos momentos. Paradojas de la vida, cuando no hay problemas nos empeñamos en buscarlos y cuando vienen de verdad ahí nos hacemos verdaderamente fuertes, y nuestro instinto de supervivencia nos hace avanzar, y lo hacemos aunque... Contracorriente. La vida se convierte a veces en un laberinto y encontrar la salida no es cosa de ir de un pasillo a otro. La salida está en clamar (Salmos 50:15) ¿Hasta cuándo intentaremos encontrar esa salida sin hallarla? Hasta que entendamos que nuestros esfuerzos son vanos sin la dirección de Dios, que perdemos nuestro tiempo mientras intentamos buscar soluciones por nuestra cuenta, en conclusión; en vano trabajan los edificadores si Jehová no edificare. Todas estas palabras no son nada nuevo, es bien sabido por todos nosotros que dependemos de Él, sin embargo esto no parece ser suficiente y volvemos una y otra vez a confiar en nosotros mismos. Cuántas veces hemos criticado a Sara porque después de que Jehová le prometió un hijo ella quiere " ayudar" a Dios, y en su impaciencia le dice a su esposo Abraham que se llegue a su sierva Agar y con el engendramiento de Ismael las terribles consecuencias. Nos apresuramos a juzgar los errores de otros, pero no somos capaces de aprender nada de todo esto. Tampoco la mayoría de nosotros somos capaces de tener la paciencia de esperar la respuesta de Dios, ni de ser constantes, ni perseverantes.

Hubo una época en la cual viví en Málaga, la zona sur de España y por circunstancias tuve que viajar justo a la otra punta, al norte,

Bilbao concretamente. Ahí me reclamaba mi hija, Priscila. Tomé un avión y... ¡Qué viaje tan corto!, mil kilómetros en una hora. Volar no es que me guste demasiado pero reconozco que es maravilloso. En otras ocasiones viaje desde mi ciudad natal, Madrid a Málaga en ave y lo que se tarda en hacer unas cinco, seis horas, lo hice en algo menos de dos. Todo súper rápido y así queremos todo en la vida. Pensamos que giramos una ruedecita y nuestro café ya estará caliente, tocamos el botón del mando a distancia y se enciende el televisor, tocamos una tecla y enviamos un mensaje a alguien que está a miles de kilómetros. Y así pensamos que es todo en la vida.

Querido lector, ¿sabes cómo le llamo yo a eso? ERROR.

El proceso de Dios no es exprés. Claro, por supuesto que creo que Él puede hacerlo ya, en este momento, pero el llegar a este momento ha llevado un proceso. Los planes de Dios se cuecen a fuego lento, y el sabor, el resultado de ese proceso será sin duda algo exquisito, algo a lo cual no podremos encontrarle defecto. Él no deja cabos sueltos, cuando Él rompe tu computadora y vuelve a construirla no le sobran tornillos, cuando Él restituye tu vida no lo hace a medias. Si levanta tu matrimonio no deja vestigios de duda ni sombras de desamor. En una palabra; El no deja nada pendiente. Su obra redentora en la cruz es el más vivo ejemplo de que esto es así cuando al final de su agonía se dirige al padre diciendo; Consumado es.

¿Seremos capaces de esperar el resultado de ese proceso? Ahí está la clave del éxito, aunque a veces nos toque ir....
CONTRACORRIENTE

Utopías

He soñado utopías que se mostraban más imposibles aún, he vivido en mi mente la sensación de volar, de escapar de las cadenas, he quemado las cuerdas de esta esclavitud, de la vida que te obliga a vivir sensaciones incontables, no solo en número sino por la intensidad de su dolor.

Mirarme, heme aquí, parece que nada sucede, ¿verdad? Nadie puede ver el volcán que hay en mi interior, el desgarro que siento dentro de mi alma. Me he mirado al espejo, decidí aún con lágrimas hacer el esfuerzo de esbozar una sonrisa, pero solo vi una amarga mueca en mis agrietados labios. Veo los días pasar, a veces tras la ventana, otras mientras camino sobre la amarillenta alfombra de hojas que vuelan mecidas por el viento. Un paso, otro más, mientras subo el cuello de mi desgastado abrigo para cubrirme del frío invernal que me cala los huesos. ¿Cómo resguardo mi alma? ¿Dónde encuentro la prenda, el antídoto, el remedio... para calentar esta frialdad que me invade aún en los días de sol?

Hacía ya mucho tiempo que sentía que había algo... Pero ahora, estaba completamente segura, si, había algo y ese algo no la dejaba avanzar.

De repente una luz brillante que provenía del cielo la deslumbró y esa luz fue la que hizo que todo aquello quedara expuesto. Miro a su alrededor y entonces entendió... llevaba años caminando sin llegar a ninguna parte, aquello era un círculo sin ninguna salida. Por eso a veces se sintió tan agotada. Hubo muchos que pasaron por allí pero ahora no se veía a ninguno, posiblemente en algún momento encontraron una salida.

Entonces... ¿era posible salir? Comenzó a escuchar voces que la instaban a salir y entonces ella argumentó...lo he intentado muchas veces pero después pienso que a fin de cuentas este es un lugar seguro, hace ya demasiado tiempo que estoy aquí. Pero esas voces no cesaban. Ella decidió quedarse ahí agazapada en espera de que el lugar se convirtiera en algo más agradable hasta que de repente...comenzó otra nueva tormenta. Las ramas a su alrededor se movían con tal ímpetu que algunas llegaban a salir de su lugar azotando su rostro y sintió el dolor de esas heridas cuando las gotas de lluvia comenzaron a mojarla por completo. Por entre las ramas pudo entrever un rayo de sol. Afuera el tiempo era hermoso y entonces...lo decidió, saldría al exterior, si, lo intentaría. Habían sido tantas las tormentas que soporto que ya muy bien sabía que no iban a cesar sino que se sucederían una tras otra y cada vez en un espacio más breve de tiempo. Pero esto era una locura... ¿salir justo en medio de una tormenta? Pues claro esto era precisamente lo que la daría las fuerzas que necesitaba, mejor no esperar a que de nuevo todo quedara en calma.

Poco a poco se incorporó, alzó los ojos al cielo y esa luz brillante vino de nuevo en su ayuda. La luz comenzó a moverse rodeando el lugar y ella con sus ojos bien abiertos perseguía cada movimiento con una mezcla de temor y esperanza. Y la luz se detuvo...ella se quedó estupefacta al descubrir algo que jamás había visto durante todos esos años de dolor y tormentas.

Una puerta, si ahí estaba y abierta de par en par.

Ella camino hacia allí con prudencia, temiendo que en medio de esa tormenta el fuerte viento la cerrara. Suspiró y se encaminó hacia su propósito, despacio, pero sin mirar atrás, realmente no valía la pena ni echar un último vistazo, no quiso que se quedara grabado en su retina el recuerdo de aquello que prometió ser el paraíso pero que se había convertido en un verdadero infierno.

Por encima de todo amamos a nuestros hijos unos lo demostramos más, otros no tanto, pero cuando alguno de ellos nos necesita de una forma especial ahí estamos nosotros, sin pensar en nosotros mismos, ni en nuestro tiempo, ni en nuestra salud, ni en nuestra economía, todo lo damos por ellos. Cuanto más lejos van sus problemas, más lejos vas tú con ellos. Te agarras aún en medio de la dificultad, aunque te sangren las manos, aunque solo alcances a asirte con los dedos y en última instancia con las uñas. Ahí ellos, nuestros hijos, reconocerán nuestro gran e incondicional amor.

Así sucede con Dios, sabemos que Él nos ama, pero si no existieran esos días malos Él no podría mostrarnos la potencia de su amor y de su gracia. Irá contigo allá donde vayas, te preguntarás como puedes sentir paz en medio de esa gran tormenta. Él es aquel que cabalga sobre las alas del viento, la tierra es el estrado de sus pies, con tres dedos junta todo el polvo de la tierra y las naciones son para Él como una gota de agua. ¿Nos rendiremos ahora? En ninguna manera.

Avanza....tu padre viajará contigo tan lejos como seas capaz o tengas la necesidad de llegar.

Es cierto que las penurias de la vida parecieron haber apagado nuestro amor que vivía tan encendido.

Ese amor que iluminaba nuestras noches y que ahora a veces es incapaz hasta de percibir la luz del sol.

Es verdad que el fruto de nuestro amor fue dañado por un "no sé qué" que ni siquiera aún hemos alcanzado a entender y que eso me puso tan triste que algunas veces prefiero no darte el beso de buenas noches en medio de la oscuridad para que no sientas en mi rostro la humedad de mis lágrimas.

Esto, aunque no lo parezca es una carta de amor, si, de amor y de gratitud.

Gracias porque siempre te negaste a compartir mi dolor y elegiste compartir sonrisas, amor y esperanza, aunque por dentro estás tan roto como yo.

Así es el verdadero amor, el que me arropa en las frías noches de invierno y se preocupa cuando ve que no sonrío.

No importa que las crueles bofetadas de la vida parezcan haber apagado esa llama ardiente que fuimos tu yo.

Cuando aún las ascuas están encendidas un solo soplo de amor crearán de nuevo un gran fuego.

Mis amigas, las lágrimas, que durante tanto tiempo me ayudaron a desahogar mi dolor. Esas que me acompañaron en mis frías noches de soledad.

Desaparecían con un simple pañuelo, no eran vistas por otros, simplemente venían a aliviarme de mis cargas. En estos últimos días han fluido de continuo y su paso por mi vida solo se advierte en que el tono de mis ojos al momento se hace un tanto más claro. Ojalá nunca os hubiera necesitado o al menos no en tantas ocasiones ni con tanta intensidad. Pero al menos ahí estáis, dentro de mí, dispuestas a brotar en el momento preciso.

Heridas reflejadas

Mirándome al espejo me sorprendió mi propia imagen, porque no esperaba ver el reflejo de lo que en realidad soy.

Esperaba ver un rudo soldado, como mínimo después de tanta lucha, esperaba ver un hombre de tosco semblante. Pero no, no era eso lo que vi, vi una mujer, eso sí, qué cansancio había en su rostro. Y todo porque en medio de la lucha que la vida misma me obligó a librar no era esa la batalla que anhelaba.

Yo quise luchar en otro ejército, por otra causa.

Me pregunto si cuando tenga ocasión de alistarme no habré perdido ya mi entusiasmo.

Me felicitaré a mí misma si después de tanta espera, soy capaz de decir ¡presente!, cuando pronuncien mi nombre…

Ese será todo un logro, pues llevo en mi cuerpo heridas de guerra sin haber sido soldado.

Soñar sin sueño

Una noche diferente, esperando a que amanezca, una noche en la que no me visita el sueño, una noche en la que una intenta soñar sin dormir. Soñar que es de día y que la vida comenzó de nuevo. Sin roturas, sin remiendos, sin tragedias. Sentir que se puede, que la confianza no se fue al garete y que el amor te hace sentir esas mariposas que volaron tan lejos.

Hoy quiero soñar sin sueño.

En esta noche distinta soñaré que nunca dije esas frases tan terribles y que no emití juicio alguno sobre nadie, soñaré que amé a todos como a mí misma, incluyendo a los que no me amaron. Que pedí perdón al instante, en el momento en que esa idea pasó por mi mente, sin permitir que mi "yo" no me dejara hacerlo. Soñaré que no solo pensé en mí y que tendí mi mano al menesteroso.

Quiero soñar todo esto porque la vida misma, mis errores, mis remiendos, mis tragedias y mis frases terribles me enseñaron que no hay nada mejor que negarse a si mismo para poder vivir sin la necesidad de convertir nuestra vida en sueño.

Dejarme hoy ser libre, que sienta mi dolor,

Y no queráis que hable cuando necesito silencio.

¿Qué os puedo hoy decir? No encuentro las palabras para calmar mi angustia, aún mucho menos para calmar la vuestra cuando me veis así.

Dejar que me rompa, que nadie me exija recomponer los trozos de este corazón roto, aún no es tiempo de eso.

No quiero más palabras, no quiero más consuelo, solo quiero estar sola para sentirme libre.

No voy a fingir más, al menos concederme la libertad de ser lo que ahora mismo soy, un alma quebrantada, un corazón herido mis labios sin palabras, débil de tanto llanto. Que nadie juzgue ahora que no esté sonriendo, que no esté conversando, que no hable de un futuro, dejarme descansar, en mi rincón oscuro, ya llegará el momento en que sienta deseos de volver a vivir. Nadie puede quitarme como humana que soy el derecho a estar triste.

Su obra

Es cierto que en todas las áreas de la vida hay que saber aprovechar el progreso y la tecnología, pero nadie puede sustituir el corazón humano. De hecho muchas son las obras maravillosas que ha creado en todo el mundo el ser humano, pero nada comparado con la obra de Dios, la Luna y el sol sujetos al horario que El estableció, el mar al que Él puso los límites, las hojas de los árboles todas ellas diferentes, los copos de nieve, ninguno, aunque parezca así, idéntico, y como no, el hombre hecho conforme a su imagen y semejanza, con una capacidad tan bella en su corazón de amar y de expresar lo que lleva en su interior capaz de hacernos sonreír hasta en los momentos más difíciles y emocionarnos hasta las lágrimas.

Eso, no puede hacerlo una máquina.

Triste realidad

Hoy he soñado contigo, me pasa a menudo, casi cada noche. En mis sueños el hecho de que estés ahí resulta muy natural. Disfruto cada una de las cosas que vivo contigo y mientras te sueño ni por un momento pasa por mi mente la idea de que ya no estás, que te fuiste hace tiempo en el momento menos esperado.

Me alegra no ser consciente en mis sueños de esta verdad, al menos disfruto de tu compañía y siento ese apoyo incondicional que solo sabe dar una madre.

El mundo pudo estar derrumbándose a mi alrededor y pude cometer los errores más evidentes ante los ojos de todos, pero tú...tu no eras todos, tú eras tú. Incluso yo sabía reconocer mejor mis propios errores de lo que tú lo hacías. Siempre encontrabas una alternativa, un motivo para que mis faltas fuesen justificadas. ¡Cómo no echarte de menos!

Tú nunca querías dar por finalizadas nuestras conversaciones, por eso aún a veces hago la intención de llamarte a ese número de teléfono que se quedó grabado en mi mente, pero como si de una bofetada se tratara mi mente me devuelve a la triste realidad, esa línea fue cortada, así como fue cortada esa vida tuya que tanta falta me hacía.

Aprendizaje

Es bien cierto que debemos aprovechar nuestro tiempo. Hemos de llenar nuestra mente de cosas buenas y necesarias, si lo hacemos así cuando abramos nuestros labios para hablar lo haremos con sabiduría. Por lo demás, pienso que las experiencias, el tiempo, entre otras cosas también ayudan y es bien sabido que hasta los errores nos enseñan a ser mejores. La vida es hermosa cuando se tienen buenas intenciones, cuando procuras disfrutar de lo que tienes y no lamentarte por lo que te falta. Saber valorar esos momentos que la vida te ofrece entendiendo que todo cambia de un día para otro y que tal vez sean únicos o últimos. Todo es importante e interesante, saber ponerte en los zapatos del otro, hacer con los hombres lo que tú quisieras que ellos hagan contigo. Ser prudente, buscar la sabiduría, medir bien las palabras, reconocer tus errores, intentar no frustrarte por tus fallos o tus inaptitudes sino seguir siempre aprendiendo. Y ante todo y sobre todo tener una relación cercana e íntima con Dios, que tu fe no dependa de lo que otros te cuenten sino que tus experiencias propias sean las que te fortalezcan.

Yo

Nada hará que yo cambie. Ni los halagos me harán lucir más bella ni los desprecios harán de mí una peor persona. Yo soy así, como soy. Nadie vivió lo que viví, mi carácter fue forjado por el fuego. Nadie lloró lo que lloré, mis lágrimas fueron como ríos cuyas aguas pasaron sobre mí para limpiar mi alma. Nadie amó como yo amé, mirándome al espejo y no ver otra imagen que su rostro.

Nadie soñó como soñé sin límites sin trabas y más que nada, en mis largas noches de insomnio soñé, pero sin sueño. Nadie vivió mi vida ni supo del latido potente aquí en mi pecho cuando me traicionaron.

Nadie conocerá que hubo situaciones que marcaron mi vida, que amé con desmedida, y que cuando aposté por ese amor tan grande, solo viví por él.

Amé, luego no amé, para volver a amar y volver a apostar. Y si, seguí perdiendo, más no perdí mi fe. Viví como mil vidas, me cansé de vivir, después me conformé, había que seguir y con sonrisa incluida. Después reinventé, y en líneas de papel plasme lo que soñé y que nunca sería.

Ahora, puedo inventar historias, describir primaveras inundadas de flores, aunque mientras escriba el aire fuerte y frío haga crujir mi casa. Mi cuaderno y mi lápiz me hacen viajar muy lejos, lugares muy hermosos que nunca visité, pero soñar es gratis y el billete es de vuelta, y sí, quiero volver. Porque este a fin de cuentas, ha sido ese taller donde fueron creadas mi pasión y mi esencia.

Venid al entierro de mi tristeza. Estáis todos invitados, no traigáis pañuelos para enjugar vuestro llanto y mucho menos el mío. Tampoco palabras de consuelo.

Acompañarme en el sentimiento y sonreír conmigo. Rindamos homenaje a la fallecida. La daremos las gracias por todo lo que me enseñó y después... Después echemos tierra sobre ella y volvamos tranquilos a casa. La tristeza pesó hasta el último momento en mi vida, no solo de camino al cementerio, pesó como una losa mientras convivió conmigo. A veces fue necesaria, inevitable, pero algo sucedió. Vino a instalarse, como parte de mi vida.

Ocupó todas las estancias de mi casa y ya no había un lugar donde ella no estuviera. Formó parte de mi existencia, como un familiar con el que compartes la vida. A veces salí, tratando de huir de ella, pero ella, se pegó a mí, se empeñó en acompañarme por donde quiera que fuera, hasta que logró asfixiarme.

En las noches vino a mi cama para interrumpir mi sueño, y en la mañana ahí estaba, amanecía a mi lado como una compañera fiel e indestructible. Quise disfrutar de vivir, sentarme con los míos alrededor de la mesa, pero ella siempre ocupaba el lugar de honor, llenando esos momentos de amargura, mientras se regocijaba bebiendo mis lágrimas y comiendo de esos platos rebosantes de resignación que yo misma la brindaba. Vivía pegada a mí como un siamés del alma, adherida y constante.

Y me cansé, me cansé de alimentarla y decidí debilitar su fuerza. Costó, y mucho, porque sin saber me hice dependiente de ella y aunque la dije que se marchara yo sabía que se había quedado en la puerta, y la invité a entrar nuevamente una y otra vez. Su influencia llenó mi cuerpo de dolores y me hizo sentir acabada y enferma. Y un día lo decidí. Era o ella o yo. Y decidí terminar esa relación enfermiza y tóxica.

Hoy la entierro aún con vida. Sé que quiere vivir, pero no tendré piedad de sus súplicas, echaré tierra encima. Vamos, venir, ayudarme. Sé que solo yo escucho esos gritos suplicando que la deje salir, pero hoy, soy yo quien resurge. Su ausencia quebrara mis cadenas.

De nuevo me siento libre.

Vida

La vida... la mejor maestra.

Ella te enseñará cómo harás para sonreír aunque la pena te esté matando por dentro. Los años te enseñarán a callar aún cuando quieras gritar, ellos te darán la prudencia necesaria para esperar el momento oportuno y cuando lo hagas, tus palabras entonces habrán tomado tanta solera maduradas por el tiempo de silencio que en ese momento darán el fruto necesario.

Te darás cuenta de que la tormenta no puede durar siempre, aunque algunas parezcan interminables, también yo he aprendido a salir en esos días, a soportar que el viento me azote y que la lluvia me cale hasta los huesos, antes de que la tormenta acabe yo habré aprendido a sobrevivir y todo, absolutamente todo es una lección si estás dispuesto a aprender.

¿Que como hace uno para aprender a vivir? Viviendo.

Aprendiendo que a la vida no la puedes chantajear y decirla que no sonríes hasta todo esté bien, te aseguro que vas a perder contra ella.

Demuestra que eres fuerte, aunque a veces sientas que tu corazón se derrite como una vela. Tira hacia adelante y mira que cada uno tiene su propio pesar, cuando intentes animarlos te darás cuenta de que esas palabras de aliento se vuelven a tu favor y qué antes de emitirlas las pensaste, es decir, fuiste el primero en recibirlas.

Mi paz

Habrá quien piense que no merezco nada porque no permití que otros vivieran mi vida por mí, me revelé ante el sistema injusto, pensado solo para beneficiar a unos a costa de otros. Habrá quien piense que lo merezco todo por ser una luchadora nata, incansable, capaz de creer que todo puede volver a edificarse mientras veo caer el último ladrillo de aquello en lo que puse todo mi esfuerzo, todas mis ganas, toda mi fe. Habrá quien piense y piense mientras que yo voy sintiendo en mi interior que cada vez me importa menos y sí, es cierto, sea que me revele ante el sistema o que luche por una causa que otros han visto totalmente perdida, sigo sola, compartiendo solo conmigo misma mi rabia, mis esperanzas y mis miedos. Pero estos son los que siempre me acompañan y prosigo sin girar siquiera mi cabeza para ver sus gestos de desaprobación o aceptación.

Mi rabia me hace fuerte.

Cierta vez apunté en mi agenda como ejercicio pendiente o como un recordatorio perder la esperanza ante las circunstancias negativas, pero el intenso dolor me dio las fuerzas precisas para tachar ese apunte y después romper la hoja. Y el miedo...es una reacción humana ¿Porque ha de ser negativo?

Solo quiero acompañarme de lo que sé con certeza que es auténtico, genuino. Se acabaron los tiempos en los cuales me esforcé por quedar bien. Es absurdo pretender gustar a todos incluso no lo pretendo siquiera de unos pocos, el arte de aplaudir con entusiasmo fingido ha estado siempre de moda.

Necesito que se me conceda el placer de vivir conmigo misma. Creo que por fin he encontrado la forma de hallar la paz.

Nada

Nada te alegra nada te asusta, nada te quiebra

Ya nunca lloras, nunca sonríes, nunca te quejas.

Dejaste pasar las olas sobre ti y alguna vez pensaste en dejarte llevar y que la mar bravía provocara tu ausencia, por siempre, eterna.

Nada te impone, no te emocionas, nada te frustra nunca te inquietas.

Dejaste que la nieve cayera sobre ti enterrando tus sueños, tiñéndolos de un blanco helado, pétreo, hasta calar tu alma de frio impenetrable.

Nada te turba ni te preocupa, no temes nada lo que te espera, te has hecho amiga de tu destino, ahora sois uno, no te revelas.

Permitiste que el sol calentara tu cuerpo hasta debilitarte, quisiste huir de ti pero fuiste siempre tu eterno y lloroso acompañante hasta que comenzaste a ignorarte tratándose a ti misma como si no existieras.

Dejaste fluir el llanto sin darte una palabra de consuelo y por supuesto sin justificar ese dolor no sólo inútil sino que te restaba vida.

Casi ya no hablas de lo pasado, de lo vivido, lo has amarrado dentro del alma.

Ya ese pasado no es tu enemigo. Es tu maestro, y esos recuerdos malos y buenos son tu tesoro y sus valores se han revertido.

Dejaste que la noche pasara sobre ti temiendo que sus sombras inundaran de nuevo tu mente de tinieblas y desesperanza…

De desesperación.

Ellas te llevaron muy lejos haciendo que perdieras a ratos la cordura o quizás, fue esa cordura la que raramente te visitó.

Ha sucedido algo tan extraño como hacer que las olas detengan su vaivén, como derretir años de nieve con un solo un soplo de Fe.

Si, ha sucedido.

Gracias a esa locura

Si, venid todos a verme, a contemplar mi rostro surcado y apagado, bañado una y mil veces por el dolor intenso.

Mirar lo que el fuego de ese llanto logró.

¡Venid!

Ya no me importa, mis heridas de guerra han de ser descubiertas, mostradas sin tapujos, no me presento sola vengo con mis heridas, tan fieles como siempre.

Se quedaron conmigo y mudaron su aspecto, ya no lucen sangrantes ahora son cicatrices, muestra de mil batallas.

Luché, a veces avanzando al frente sin ver, a cuerpo descubierto, sintiendo sobre mí las ráfagas del viento con ese olor intenso a miedo a incertidumbre. Con los ojos cerrados y los brazos abiertos, expuesta, medio loca, gracias a esa locura aquí estoy, resistí.

Venid todos a verme, hoy soy un referente, muestra de que el dolor solo te hace más fuerte y aunque estés hoy expuesto al frente de batalla, las secuelas serán, lecciones, cicatrices.

Hasta que el alma aguante

Hasta que el alma aguante, con esas sacudidas casi imperceptibles que provoca el dolor.

Si, hasta que el alma aguante seguiré respirando, hablando, caminando, porque si el alma aguanta, si el corazón resiste, seguiré hasta el final.

Se estrechará el camino y cientos de amenazas a los lados danzando tendré que sortear.

Las burlas del destino, el llanto del que amas.

Noches interminables y treguas cortas, breves, tan breves como un rato de sol en el invierno o el primer tímido beso de un adolescente.

Y en la mente una frase dirigida a la vida:

¡Detente, yo me bajo! suena como una orden tan muda como inútil, falta de autoridad.

¿Quién puede decidir cuándo todo comienza o cuando vendrá el fin?

Hasta que el alma aguante y deje de sentir seguiré caminando y seguiré adelante mientras busco las fuerzas arañando la vida con sus vastas paredes, dejándome las uñas para no descender porque si me rindiera seguiría respirando pero no quiero hacerlo sumida en un abismo.

Hasta que el alma aguante seguiré caminando por esta senda estrecha de bache impredecible, de amenazantes sombras, ceñido este dolor que en mi se ha fusionado, guardada la esperanza por si quiere salir.

Se lo dejé muy claro, que no podía volver. Pensé sinceramente que ya nunca más lo haría y si lo intentaba, yo por supuesto no iba a darla permiso para entrar. Pero si, ayer me di cuenta, la sentí en el aire.
Posiblemente se coló por alguna rendija de mi alma.

Sólo yo fui consciente de su presencia, aunque los demás notaron por el brillo de mis ojos que algo estaba ocurriendo. Si, se sentía como una pesada carga que iba destruyendo a su paso todo vestigio de alegría o esperanza. Es por eso que hoy he despertado con esa sensación de asfixia que a pesar del tiempo se me hace tan terriblemente familiar.

Me pilló desprevenida, me volví, sonriendo, pero mi sonrisa quedó congelada. Yo vi la espesa bruma robando su nitidez al llamativo color de la pared y al estante blanco donde descansan las fotografías enmarcadas de mis pequeños, cuando aún lo eran, la de mi madre con su bella sonrisa que quise inmortalizar con esa imagen y que más que dolerme me acompaña y las de los hijos de mis hijos, ajenos al desacuerdo que a veces es solo una consecuencia del dolor o la desesperación.

No lograba entender las palabras de las incesantes tertulias y debates que hacía solo un momento se escuchaban a todo volumen desde mi televisor. Cesaron las voces de los vecinos que provenían del parque, los gritos de los niños jugando, los ladridos de entusiasmo de los perros a los que sus dueños habían decidido sacar a pasear. El ruido del tráfico en la cercana carretera de pronto paró.

Solo absoluto silencio. La fina cortina blanca ondeando débilmente.

Como a cámara lenta mis pasos fueron hacia la ventana.

Elevé mi mirada al cielo, se había teñido de gris.

Cerré de golpe, a sabiendas que ese movimiento era del todo inútil, al volverme el denso ambiente me envolvió haciendo mi respiración más costosa y agitada.

Fue él, quién primero vino a mi mente, me apresuré a su habitación antes de que la bruma consiguiera alcanzarle.

Ahí estaba, esa maldita silla parecía haberse convertido en una extensión de su cuerpo, delgado pero en la plenitud de su vida.

Le miré, sus grandes y oscuros ojos me devolvieron la mirada.

Siempre, desde que nació supe entenderle sin necesidad de palabras.

Había llegado tarde, ella llegó antes que yo, había sembrado el desaliento instalándose en lo profundo de su alma.

Adiviné en su expresión que ya le había lanzado uno de esos dolorosos dardos a su mente, vulnerable.

Le había convencido de nuevo que nunca conseguiría salir de esa situación. Eso me hizo tomar aún más consciencia del ambiente que había venido a establecer. Su plan estaba dando resultados.

Me dio tanta rabia de que hubiera entrado así, sin permiso y de que nadie la viera como yo la veía pero que indudablemente ya estaba causando los estragos que acostumbra en la mente de cada uno de mis tesoros.

Todo lo que Dios me regaló en su día, ha venido a ser trastornado de nuevo por ella, es más yo misma escribo en este instante sintiendo como las letras bailan ante mí, borrosas, pero no hago caso, el llanto dejó de ser un aliado, desde hace mucho tiempo ya no sirve para consolarme, perdió su eficacia hace años. Ahora sus intentos se quedan cortos, supongo que brota por costumbre, es un arma que ya no tiene validez ni vigencia para mí. La ayuda de las lágrimas quedó obsoleta, sé que nadie ha inventado aún otra forma de desahogarse o tal vez yo misma pueda hacer mis propias conjeturas. Quizás hoy pueda arrastrar mis cansadas piernas hacia la parte más alta de la montaña, esa cuyo pico se ve desde el centro de la ciudad.

Puede que hoy camine hacia ella y si a duras penas consigo alcanzar su punto más alto allí gritaré con todas mis fuerzas, como lo hacen los guerreros indios cuando los visita el dolor. Aún sigo escribiendo en medio de la oscuridad de esta madrugada que promete ser larga, cuando los demás despierten, ya me habré encargado de que mi sonrisa resulte creíble.

Hoy necesito estar sola. Por supuesto que tengo miedo de la bruma, sé qué está enfadada, anoche desafié su presencia y les anuncié a todos que íbamos a luchar. Hoy he notado como me ha pisado la garganta intentado estrangularme y su presencia ha conseguido hacerme saltar de la cama como un resorte para conseguir recuperar un poco del aire que me estaba robando.

Ya no me importan sus amenazas, mi corazón se endureció. Si he de morir en este intento, lo haré.

Prefiero enfrentarme a ella que vivir a su merced.

POEMAS

Mi deleite

Sentí su aliento en mi cuello
como adherido a mi espalda
sentí el calor de su pecho.
Después me atrajo hacia sí
y con voz queda y profunda me susurró en el oído:

No sé expresar como tú
yo solo veo personas mientras que tú ves historias
tampoco advierto sus gestos
para mí pasan de largo
allá donde ves paisajes yo solo veo desiertos
y cuando siento dolor
no lo convierto en poesía.

¿Qué son tu mente y la mía?
Son opuestas, sin embargo, te llevaré...
Voy a llevarte a lugares hermosos
donde la inspiración te inunde
y dónde tus pies caminen sobre alfombras de colores

Iremos a contemplar la llama del sol naciente
las olas del mar rebelde salpicando nuestro andar
Haré, que lo que viste en tu mente
lo contemples de verdad y ese será mi deleite
porque si has sido capaz de inventar entre paredes
cuando lo toquen tus manos
y tus ojos lo contemplen...

¿Cómo de bello será?

Olvidada

Olvidada de todos he sido
Como un muerto dentro del sepulcro
Por quien otros lloraron un tiempo
Y después se quedó en el olvido

Olvidada de todos me siento
Como extraña dentro de mi casa
Con dolor en mi alma despierto
Y a mi lecho regreso olvidada

Siendo joven me siento cansada
Enfermaron mis ojos de llanto
El dolor ha empapado mi almohada
Y de angustia en la noche te llamo

Cada día despierto esperando
No sentir esta angustia en mi alma
Pero siento el dolor aumentando
Me he encontrado a veces sudando
De agonía, mientras te aclamaba

Contigo

La voz de tu mensaje ha llamado
¿A dónde iré de ti que encuentre vida?
¿A quién recurriré cuando mi herida...
se agrave en mi interior?
¿Iré a al pasado?

Tu dulzura Señor me ha cautivado
¡Que necia fui pensando en alejarme
Como que es tan sencillo el olvidarme
De tu muerte de amor en el calvario!

La llama de tu fuego no se apaga
No importa que amenace en extinguirse
Yo sé que el enemigo de mi alma
A darte la victoria se resiste

Y sé que con engaños en mi insiste
Haciéndome olvidar que me perdonas
No importa cuántas veces yo te falle
Ni cuántas veces tropiece o desmaye
Pues con tu sangre pagaste mi obra

Hoy lloro de dolor y de tristeza
Tristeza porque sé que he limitado
El gran amor con el cual me has amado
Y al enemigo le entreabrí mi puerta

Si, lloro de dolor, no por derrota
Pues sé que aún con mis fallos tú me amas
Y que este amor me ha dado la victoria
!!Que necia fui pensando en alejarme
Limitando tu gran misericordia!!

Silencios

Olvida lo que pasó
No, calla, no digas nada
que tus labios no mencionen esas faltas del ayer
por mi fueron enterradas
y para siempre olvidadas
Yo te esperaré callada
Solo ven y abrázame.

¿Qué importa lo que pasó?
Ya no quiero recordar, si fallaste, si fallé
O cuál fue el mayor error
calla y sólo bésame.

Qué tristeza hay en tu rostro
y que dolor en tu gesto
Yo también estoy cambiada
pero hoy me arreglaré
Pondré un poco de perfume
en mi pecho y en mi lecho
Llévame allí y ámame.

Hagamos que la pasión sea cual llama creciente
Quemando todo recuerdo
Que si yo quiero y tú quieres
Hoy todo empieza de nuevo.

Cállate, no digas nada y en el silencio ámame
Te entrego toda mi alma
y la mitad de mi cama
Sólo ven y abrázame.

Si estás...

Si estás, mi brazo te estrecha
Si no, lo hace mi alma
que en ti camina derecha
al calor de tu eterna llama.

Si estás, te miran mis ojos
Si no, lo hace mi mente
De ti siempre tengo antojo
Tú siempre constante, presente.

Si estás, te besa mi boca
Si no, lo hace el corazón
Y así cuando se me antoja
Te beso cuando estás y no.

Si estás, te amo con locura
Si no, te amo hasta morir
Mi amor ya no te tiene cura
Ni quiero curarme sin ti.

No te rindas

Cuando sientas que el llanto nubla tu mirada
y seas incapaz de vislumbrar el horizonte
cuando el dolor sea tu compañero fiel
y la soledad te envuelva como un manto de
tinieblas... no te rindas.

Cuando tu vida se torne insoportable
y tu existencia se te antoje larga, eterna
la esperanza en el mañana se evapore
y se agote cualquier vestigio de fuerzas...
no te rindas.

Cuando tu mediodía se transforme en noche oscura
tu paz se marche dando paso a la amargura
recuerdes la alegría como algo muy lejano
te parezca sentir que todo esfuerzo es vano...
no te rindas.

Aprende a esperar con calma sin emitir ni palabra
descansa sin recibir lo que te impide reír
abre tu mente a la fe
que no todo está perdido
todo lo que has vivido te sirvió para aprender.

Hoy necesitas saber y en tu mente establecer
una puerta que abrirás si te propones hacerlo.
Por lo tanto...no te rindas
sigue sin dudar pensando
que vienen mejores tiempos.

Te esperé

Esperé verte llegar
bajo la lluvia de abril
mirando por mi ventana
pero no vi que llegabas
Cuando la cortina eché
A oscuras quedó mi alma.

Te esperé
seguí esperando anhelante
Y mis ventanas abrí
Dando paso al sol radiante
Aunque en mi interior la lluvia
Seguía siendo incesante
Así como mi dolor

No me rendí y te esperé
cuando el gran árbol del parque
quedó desnudo
y el suelo,
fue una amarillenta alfombra
Pude divisar tu sombra
Y hasta tus pasos oí
más no eras tú
era mi anhelo
de verte llegar por fin.

Y cuando el tiempo pasó
y el crudo frío de invierno
tiñó de blanco el paisaje
te esperé tras los cristales
más todo estaba desierto
mi alma fue por ti un lamento
de tanto que te anhele

Y salí...
salí a buscarte
por dónde quiera que iba
tu rostro parecía ver
y que sorpresa, ahí estabas
mirando tras tu ventana
y adivine en tu mirada
que tú también me esperabas
mientras que yo...
Te esperé.

Normal

Fingiendo ser comprendida
Ser correcta y entendible
Se escapa de mí la vida
Ya no creo en lo imposible

Y finjo ser tan "normal" que hasta me empeño
en hallar algún encanto en lo absurdo
¿Dónde está mi libertad;
si sigo el ritmo del mundo?

Dejé pasar la corriente
Mis pensamientos callé
Y de algo tan diferente
Para ser normal hablé...

Si, a lo que todos dicen: si
No, a lo que todos dicen: no
Pero hoy me he mirado y hallo
Que el ser así me consume
Y me ahoga de dolor
Anhelo lo que antes tuve:
Locura e incomprensión.

Si me véis...

Me veréis venir de lejos
con heridas en mis manos
con las marcas de esta guerra
reflejadas en mi rostro

Me veréis debilitado
por las luchas que enfrenté
son mis heridas de guerra
pero aquí estoy entre vosotros.

Si me veis venir cansado
algún miembro mutilado
más el corazón completo
mirar qué llevo en mis manos
Tengo ilesa mi esperanza
mi fe intacta aquí la tengo.

Si me veis venir sin fuerzas
con paso lento y difícil
que me duelen las sonrisas
a causa de mis heridas
y más bien parecen muecas
mirarme bien a los ojos
que a sonreír desde el alma
me enseñó bien esta guerra.

Si me veis venir, alzar
en victoria la bandera
Que es mucho lo que luché
Pero aquí estoy, regresé
Y aunque tenga pocas fuerzas
aún traigo intacta mi fe
Y mi esperanza está ilesa.

Necesidades

Necesito un abrazo, una palabra, un milagro,
comprensión, cariño. Necesito salir de aquí,
coger el coche y acelerar, salir a la calle y
correr, buscar una montaña subir a ella y
gritar.
La vida. ¿Qué es la vida? Se ve tan sencilla
cuando eres niña y tan emocionante cuando
eres joven...
Con tanta ilusión cuando haces planes de vida,
tan especial cuando conoces la cara de tu
bebé, tan dulce cuando aún tienes a tus
padres y tan divertida cuando tus hermanos no
están a cientos de kilómetros, y tan tranquila
cuando tus hijos están sanos.
Hoy necesito el abrazo de mi hermano menor
porque tiene grandes brazos y las palabras de
mi hermana mayor que rebosan sabiduría.
¿A dónde iría con mi coche?
Con la música bien alta aceleraría hasta llegar a la montaña y
allí gritaría sin decir nada coherente.
Un simple desahogo para mi alma, que se
derritió como cera dentro de mí.

Mi vida

Mi vida es

Esperar que llegue la noche
Y que las tinieblas oculten mi pena
Porque he de sentir que la vida es esto
Tan triste y pesada como una condena.

Mi vida es
El temor a que llegue el día
Vivir sin deseo
Solo en la esperanza
de que acabe el tiempo
con mi travesía.

Mi vida es
Solo el desarrollo de una gran comedia
Sonrisas fingidas
Planes sin sentido
Y palabras huecas que llenan vacíos.

Así es mi vida
Dolor sin consuelo
tristeza continua
Lejos la esperanza
Sangrante la herida
Fuerzas acabadas
Y el alma vacía.

Te vas

No importa si mañana quieres irte
El sol del nuevo día habrá llegado
Vivir para curar mis cicatrices
Será ya solo cosa del pasado.

No iré buscando quien sane mi herida
De ti ya no hablaré en ningún momento
Te vas y acaba aquí mi sufrimiento
Ya ves que no se me acaba la vida
Sí esperabas ver lágrimas, lo siento.

Te vas y yo no pienso detenerte
Te marchas de mi vida y de mi casa
seré testigo mudo de la muerte
De aquello que solo yo alimentaba.

Te vas, de ti aprendí a ser como hielo
Tuve buena enseñanza de tu parte
Me entrenaste para que el sentimiento
pesara lo mismo que pesa un lastre.

La puerta por de mi casa no abro más
Y la del corazón hoy cierro para ti
Hoy como sombra te veo salir
y en mi recuerdo solo eso serás.

Vacío en el alma

A veces se siente el vacío inmenso
De las cosas simples que se te han negado
Sentir en tu vida que eres comprendida
Notar en el alma un sentido abrazo.

A veces se siente que se van los días
Que se van las noches, que vuelan los sueños
Y que la tristeza es fiel compañera
En este camino difícil y estrecho.

Se siente en el alma el desasosiego
De esperar a solas sentir esa paz
Qué viene un momento y se marcha luego
Qué sabes muy dentro que no es de verdad.

A veces se siente que tus compañeros
El dolor y el frío no quieren dejarte
Vinieron un día, se instalaron luego
Hasta que se hicieron de tu vida parte.

Se siente muy cerca, se vive muy dentro
Te colma de abrazos, te llena de besos
Con sus frías manos, con su amor de hielo
Te llena y te envuelve el vacío inmenso.

Te colma la vida de desesperanza
y te hiela el alma con su frio abrazo
A veces se siente el vacío inmenso
de las cosas simples que se te han negado.

Paciencia

Si alguna vez la lluvia te sorprende
Y entra por las rendijas de tu alma
Mojándote de miedos y tu calma
Tu paz y tu ilusión se desvanecen
Aguarda un poco más que todo pasa.

Si el frío del invierno te inundara
Calando en lo profundo de tu vida
Dejando al descubierto tus heridas
Ahogando lo que queda de esperanza
Espera un poco más que todo cambia.

Sí sientes que ya todo está perdido
A causa del dolor que nunca cesa
Y sientes tu corazón triste y frío
en un invierno que nunca da tregua.

Tranquilo, viene ya la primavera
Hermosa con su bello colorido
Yo he visto como el sol ha derretido
La nieve que sentí constantemente.

Se fue la lluvia, cesó el frío
hoy se que nada dura para siempre
Ya vivirás todo esto que te digo
sintiendo que regresan nuevamente
Las ilusión de seguir y de estar vivo.

Vivencias

Se trata de agradecer
La brisa sobre tu rostro
Sabiendo que un día todo
Va a dejar al fin de ser.

Y lo que hoy es, mañana no será
Todo aquello que vives bajo el sol
No es para siempre, es algo temporal
Disfruta entonces si tienes la ocasión.

Encuentra el modo de hallar sabiduría
Camina firme, no vivas neciamente
Deja tu huella, no seas indiferente
Viendo tan solo el pasar de los días.

Que tu legado no sea sólo un recuerdo
Que tu conducta sea digna de seguir
A los que un día vendrán después de ti
Por eso vive dejando aquí tu sello.

Se trata de vivir
No de hacer daño
Para después regocijarte en ello
Atesorando tan sólo para ti
Algo que sabes no has de llevarte luego.

Ata a tu cuello los conceptos divinos
Haz que tu madre sea la sabiduría
Y no desprecies consejos y experiencias
De los que un día dejaron unas huellas
Para que pises tras ellos con firmeza
Aprovechando experiencias vividas.

Miente

Miente la tristeza
Dice haberse ido
Llena mi cabeza
De extraños delirios.

Sigilosamente
se esconde tan dentro
Que aunque quiera hallarla
busco y no la encuentro.

Parece tan cierto
se ve tan real
Se siente tan lejos
Y es tan natural
Pensar que de nuevo
Podré respirar.

Mueve la cortina
Se encuentra detrás
Me lanzo con prisa
Se esfuma sin más.

Camino, camina
Detengo mi paso
Vuelvo la cabeza
No está ya a mi lado.

De noche me envuelve
Y duerme conmigo
Se crece en mi cama
como negra espuma
Decido enfrentarla
de nuevo se esfuma.

Se burla, me engaña
Se oculta vilmente
Teje como araña
me envuelve en su tela
De tan finos hilos transparentes.

Se esconde muy dentro, sigilosamente
Dice haberse ido la tristeza, y miente.

Capaz

Capaz de volar en las alturas
capaz de nadar con las sirenas
Capaz de bailar bajo la lluvia
Con gotas convertidas en estrellas.

Viajar a lugares lejanos
beber del agua de los manantiales
sentarme en escenarios donde el genio
deleita a los presentes con su arte.

Tumbarme en blanca arena mientras siento
las olas acariciando mis pies
andar por las estrechas callejuelas
de algún pais exótico tal vez.

Invento personajes que me hablan
diciéndome como escribir relatos
me dejo amar por ellos sin reparo
y sin reparo también me despido de ellos
Buscando otros distintos hasta hallarlos.

Capaz de olvidar esta amargura
Que encierra mi triste realidad
La vida se convierte en aventura
De la que cuesta a veces regresar.

Gané

¿Tú qué sabes...
De mis noches y mis días;
Del desgarro de mi alma
de mi ausencia de alegria
Y mi falta de esperanza?

De mis días en silencio
De mi llanto contenido
De mis dudas, de mis miedos
Y de sentir que he vivido
Como mil años completos.

¿Qué sabrás tú de mi vida?
¿Y que sabrá el mundo entero?
De lo que duele una herida
Cuando está ausente el consuelo.

Qué sabe nadie de mí
Que sabe nadie de nada
De todo cuanto viví
Y que a la vida me así
Y en tormentas despiadadas
Fui vomitada en la orilla
Por sus olas arrastrada.

Mis uñas ensangrentadas
Agarrándose a la vida
Supe por sus carcajadas
Que me ganó la partida.

Pero tú no sabes nada
Ni si me di por vencida
Quien sabe cómo logré
Quitar de mi cuerpo el lodo
Donde mis fuerzas hallé
Y como me enfrenté a todo.

Y aunque esta soledad es mucha
Hoy levanto mi bandera
La vida triunfó en mil luchas
Pero yo... gané la guerra.

¡Ay!

¡Ay si las calles hablaran y rompieran su silencio!
Que nos miraron entonces
Paseando nuestro amor
Testigos mudos que vieron
Aquella inmensa pasión.

Esas calles que sintieron
Nuestros pasos caminando
Y como que iban volando
En nuestra locura envueltos.

¡Oh, si las calles hablaran
del roce de nuestras manos
y nuestros labios sedientos
Que saciamos como locos
Cuando la pasión bebieron.

¡ Ay, si esas calles dijeran cuanto sintieron sus suelos!
Cuando paré en la plazuela
Para arrebatarte un beso
Y el reflejo de la luna
desveló nuestros secretos.

¡Oh, si hablaran sus rincones
con adoquines cubiertos
Donde sellamos sin tinta
nuestro compromiso eterno!

¡Ay, si esas calles pudieran
revelar esa hermosura
de la pasión que sentimos
por sus plazas y paseos
Emitiendo en un clamor
Lo que sus piedras sintieron
Que se empaparon de amor
y anhelaron nuestros besos!

¡Ay si las calles hablaran
Y rompieran su silencio!

Nunca más

Nunca más admitiré
que te anhelé como a nadie
Que respiré con tu aire
y el mío te regalé.

Nunca más diré que fuiste
el sustento de mi alma
mezcla de pasión y calma
nunca más te lo diré.

Nunca más te sentiré
como se siente la llama
de un fuego que no se apaga
ni sentiré ya tu abrazo
con mi vida hecha pedazos
Aquí estoy, roto mi ser.

Y ahora no puedo entender
que te fueras sin permiso
y que hicieras caso omiso
a mi petición velada
de que nunca me dejaras
y ahora en el sepulcro yaces.

Ahora no entiendo la vida
Mucho menos su final
Sin ti viviré pérdida
Sin hallarme.... Nunca más

¡Ay, cuánto daría!

Si tú me quisieras como yo he soñado
rota la cancela de los imposibles
nuestros sentimientos
fueran aledaños
lejos la distancia
quebrada esa puerta
la que nos divide
como a dos extraños.

Si hubiera esperanza mientras que te aguardo
Si nuestras miradas un día se cruzaran
Leyera en la tuya que me estás amando
Yo estaría dispuesta a esperar mil años
Serían como días esa larga espera.

Si yo despertara sintiendo a mi lado
Tu amor, olvidando mis noches de llanto
¡Oh Dios que daría yo por ese abrazo;
Cuanto pagaría por sentir tus labios!
posarse en los míos
Haciendo reales
todas las caricias
Que me he imaginado.

Si hicieras posible
El sueño de amarte
Y que de tus puertas
Quitaras la llave
Yo estaría dispuesta
A entrar y quedarme
En el alma tuya
Para no marcharme.

Tormento

Escondida mi alma tras un velo
En silencio mi boca y mi mirada
la que habla sin palabras
más la tuya, que rehúsa mirarme como anhelo.

Como amiga me tratas y no adviertes
el reflejo del dolor que me provoca
el saber que otras se adueñan de tu boca
mientras todo mi ser implora un beso.

He soñado tantas veces tus palabras...
La anhelada confesión que es tu deseo
poseer con gran pasión todo mi cuerpo
que despierta cuando siento tu mirada.

Si gritara que te amo y tú te alejas
mi corazón moriría sin remedio
y no sé si es lo mejor seguir soñando
o no vivir preferiría a este tormento.

Desgarro

La necesidad de huir y de dar portazo a todo
Siento mi mentón temblando
aunque intento sonreir
¿y con qué fin para que;
a quien le estoy engañando?

Sospecho que solo a mí
más hoy me estoy sincerando.

Necesito ver el fin de esta terrible agonía
despertar y descubrir que esto es una pesadilla.

Siento que me falta el aire
el dolor es tan profundo
que ya me encerré en mi
y no dejo que entre nadie.

He muerto, verdad es que estoy
más como sino estuviera
y no estar, eso quisiera
miexistencia se hace eterna
y el futuro que me espera
es como un eterno "hoy".

Dejar que descanse ya
malditas estas tinieblas
que en quedarse aquí se empeñan
y no me quieren dejar.

Maldito el terrible día
que emitieron la condena
yo creerlo no quería
y vi cómo se cumplía
poco a poco al pie de letra.

No me obliguéis a vivir
para ver tanta tristeza
Quiero dejar de sentir
parece irse y regresa.

¿Hasta donde llegarás vertiginosa carrera,
Hasta el fondo del abismo;
Hasta que loca me vuelva
el dolor de este martirio?

Y quisiera compartirlo
decir que me estoy hundiendo
y que no veo un atisbo
de verme algún día saliendo.

¿Para qué hablar? ¿Para qué?
Que me ahogue este silencio
y que la pena me mate
para no seguir sufriendo
la agonía de esta imagen
que mis ojos están viendo.

Embriaguez

Y me embriagué
De versos y poemas me llené
mi mente eché a volar y me encontré
Corriendo en verdes prados como ayer.

Y me olvidé
de llantos y pesares y dejé
que en mi interior fluyera lo que soy
Que mi esencia volviera a renacer.

y salí de la cárcel donde estoy
Y vi mis pies
en el mismo lugar, no me moví
no conseguí salir
más mi alma, si
y en busca de mis sueños la seguí.

¿Quién cortará mis alas;
quien lo hará?
Si vuelo en mi interior y nadie sabe
que mis sueños me convierten en ave
que escapa muy lejos de este lugar.

¿Quién robará mi anhelo;
Quién lo hará?
Pegado a mí como un siamés del alma
¿Y quién arrancará de mi la calma
que me produce alzar mis alas y volar.

Y me embriagué
con versos y poemas y volé
con alas hechas de tinta y papel
y llantos y pesares olvidé.

Cobarde

La dificil tarea de vivir
Esbozando sonrisas que hacen temblar los labios
Y es necesario si queremos ser sabios
mostrar senderos sencillos de seguir.

Ardua tarea que la vida me dio
Que nadie vea que la luz de mis ojos
Cesó hace tiempo y que a toda ilusión
Eché yo misma candados y cerrojos.

Sentí que el agua me había llegado al cuello
Que mis esfuerzos ya no sirven de nada
Nada provoca que yo vea ni un destello
Por lo que un día vivír con esperanza.

Sabe muy bien la vida como herir
Y es tan cobarde que a mí no me ha tocado,
tocó lo mío, ella sabía que así
Irremisiblemente me había derrotado.

Grité a la vida que a él no le tocara
Mientras sentía la lluvia fría, helada
¡Aquí estoy yo; a él no le hagas nada!
Más fue impasible la vida y despiadada.

Aguardo

Mientras la lluvia se cierne sobre mi
y esta tormenta parece interminable
Paso entre paso me obligo a proseguir
muestra la vida su parte insoportable...
Aguardo

Mientras el viento sacude mis heridas
Y con sus ráfagas parece derribarme
Se esconde el sol detrás de las colinas
Mientras me niega su luz para alumbrarme...
Aguardo

Mientras mis pasos
No van a parte alguna
Porque las sombras confunden mi destino
El suelo firme se convierte en laguna
Y se complica distinguir el camino...
Aguardo

Mientras que siento la luz de mi esperanza
Que se desliza como agua entre mis manos
Y mi futuro es como una acechanza
mi voz se quiebra y mi clamor es vano...
Aguardo

Aguardo al sol que disipa tinieblas y a la
esperanza que se me extravió
Guardo silencio para ver si regresan
si, aguardo
Mientras que quede un halo de ilusión

Tiempos

Tiempos de luchar sin desesperar
tiempos de seguir sintiendo esa lucha
con intensidad y en lo más profundo.

Tiempo de esperar sin desesperar
tiempo de aguardar sin saber que aguardas
buscando con ello un poco de paz
muy dentro del alma.

Tiempo de vivir sintiendo que el tiempo
se va entre los dedos
se va deslizando como lo hace
el agua, irrecuperable.

Tiempo de alumbrar a los deslumbrados
por cosas absurdas sin ningún sentido
tiempo de guiar a buenos principios
buscando valores que ya se han perdido
tiempo de inculcar la sabiduría
que como regalo te ha dejado el
tiempo.

Viviré

Esperando que cambien los tiempos
que fluyan los cielos
con la lluvia fresca
que anhela mi alma...
Viviré

Guardando silencio
mis labios sellados
y mi fe vigente
viva la esperanza
las dudas ausentes
solo la certeza que la paz regrese
y vuelva la calma...
Viviré

Esperando el día que abra mi ventana
y el color grisáceo
que parece eterno se torne en colores
mis ojos contemplen
el hermoso ocaso de cielos dorados
que en luz se transforme...
Viviré

Sabiendo que vivo
el tiempo de invierno
de flores marchitas
de árboles desnudos
de luchas continuas
sin armas ni escudos...
Viviré

Seguiré adelante
porque es lo que toca
tan solo esperando
sin abrir mi boca
guardando silencio
yo contemplo el cielo
y espero respuesta
mientras mi alma invoca
a aquel que me hizo fuerte como roca.

Ya nada importa

¿Y qué me importa a mí?
cuando me azota el viento
y que me importa a mí si veo salir el sol
y que me importa a mí si tengo valentía;
la que me dio la vida de siempre resistir

¿Y qué me importa a mí
si andar se hace difícil
porque el frío dejó
las calles congeladas;
y que me importa a mí sí me empapa la lluvia?
Si ¿Que me importa a mí si tengo la paciencia
de caminar al ritmo que la vida me marca?

¿Y qué me importa a mí cuando la cruel
tormenta se cierne contra mi
y quiere derribarme;
y que me importa a mí
cuando trata de
ahogarme la vida
si ella sabe que resisto las pruebas?

¿Y que puede importar las veces que me lanza
con esa fuerza cruel sin consideración?
Si sabe bien la vida que aprendí a levantarme
y que a esquivar sus golpes
también me lo enseñó

¿Y qué me importa nada
si a través del dolor
ella me ha convertido
en fuerza incalculable,
en guerrera indomable
para enfrentar batallas?
Ya no me importa nada yo voy a resistir y
venga lo que venga ya...
¿Ya que me importa a mí?

Un tapiz siniestro

Pendiendo el alma de un hilo
sentir la calma tan lejos
la esperanza y la ilusión en vilo
y hoy ya sientes que te has hecho viejo
por los golpes severos, certeros
que violentos en ti has recibido.

Y la rabia inundando por dentro
como ríos que el dolor desborda
y la vida que con crueldad borda
con sus hilos un tapiz siniestro.

Y las ganas que desaparecen
y las fuerzas que se fueron lejos
Ni siquiera el mismo pareces
de ti no eres ni un leve reflejo.

Y vivir para ver pasar
Las escenas en primera fila
más aún, protagonizar
el cruel drama de una pesadilla.

Y el deseo anhelante de irte
al lugar que la paz esconde
convertir en blanco absoluto
los sucesos del más negro luto
y volar hacia no sé dónde.

Quedo el mundo oscuro

En un corto instante la vida se fue
como se va el agua así entre los dedos
rápido ligero
nada pudo hacer

En un corto instante cambió para siempre
solo una palabra
a lo sumo dos
todo su universo
se quedó colgado
como cuelga un cuadro
en un débil clavo
que en cualquier momento lo verán caer

Palabras certeras
cual la puntería
de un tirador franco
que fue a dar al blanco
justo en su cabeza
bala de tristeza
que se quedó ahí
mientras los estragos
bullían por salir

Y el sol se apagó
y la luz de luna
no pudo encontrar

Quedó el mundo oscuro
y ella hace que ve protagonizando su mejor papel
el estado puro
de un dolor tan fiel
que las ovaciones
a este gran talento
llegó a aborrecer.

Eterna compañía

No necesito verte para sentirte
Sé que velas mi sueño de cada noche
Tu brazo me sostiene y haces derroche
de esa misericordia que nunca cesa.

Me haces sentir amada
Cómo princesa
Y siempre protegida
Bajo tu abrigo
Que como prometiste estarás conmigo
hasta el fin de mis días y eso me alegra.

No importa que otros piensen
que como puedo
creer en lo invisible
Eso es la fe
Es la plena certeza a lo que se espera
Convicción absoluta que no se ve.

No camino por vista
Pues he sentido
tu abrazo tantas veces que no consigo
por mucho que lo intente echar al olvido esos
bellos encuentros que hemos tenido.

Viviré lo que queda
Sin temer nada
Sabiendo que me tienes bajo tu abrigo
Sintiendo que me cubres bajo tus alas
Y pase lo que pase estarás conmigo.

Página del autor

www.ingramcontent.com/pod-product-compliance
Lightning Source LLC
LaVergne TN

LVHW091124150826
845673LV00002B/965

* 9 7 9 8 3 5 1 9 3 4 6 0 0 *